Las Visitas

Beatriz Doumerc
Horacio Elena

A Mara y Santiago
                        B.D.

© Beatriz Doumerc
© Horacio Elena
© ItsImagical 2008
   Plataforma Logística PLA-ZA
   Calle Osca, 4. 50197 Zaragoza
   www.imaginarium.es
   Impreso en la CE
   ISBN: 978-84-9780-464-6
   Depósito legal: B-2974-2008

Las Visitas

Beatriz Doumerc
Horacio Elena

La familia Bienvenido
tiene siempre abiertas las puertas de su casa:
unas veces, la puerta de delante
y, otras veces, la puerta de atrás.
Porque, si dejan abiertas las dos a la vez,
se forma una corriente de aire
y la abuela empieza a estornudar.

Y, cuando la abuela empieza,
nunca se sabe cuándo termina.

Por una puerta o por otra van entrando los visitantes: unos recorren la casa, miran todo con curiosidad y, después, se van por donde vinieron.

En cambio, otros se quedan y, al poco tiempo, ya son como de la familia.

Eso fue lo que ocurrió con Nilo,
un escarabajo azul que entró por la puerta
de delante, atravesó el pasillo y el comedor,
subió por la escalera y se instaló muy campante
en el dormitorio de las niñas Bienvenido.

Allí estaba, muy tranquilo, mientras las niñas
lo miraban encantadas, cuando, de pronto,
como una tromba, entraron los dos hermanos varones.
¡Para qué!
Apenas vieron al visitante se les despertó la envidia
e intentaron apoderarse de él a cualquier precio.

¡Pobre escarabajo azul! En medio de gritos,
tirones y pataleos a punto estuvo de perder las alas,
las patas y también la vida.

Por fortuna, en ese momento entró el señor Bienvenido que, enseguida, puso fin al alboroto. Y, para asombro de sus hijos, dijo:
— En el antiguo Egipto, el escarabajo era adorado por las reinas y los faraones.

Entonces, los cuatro niños decidieron
tratar al visitante con el mayor respeto
y lo trasladaron al jardín para que se paseara
entre las rosas y las enredaderas.

Y le pusieron de nombre Nilo,
que así se llama el río más grande de Egipto.

Otro visitante inesperado fue Nimú,
un loro que entró por la puerta de atrás
una tarde de viento.

Venía medio desplumado, con los ojos desorbitados
y mudo del susto.
La mamá lo acomodó en la cocina
y los niños le dieron pipas de girasol
y agua para beber.

Después, con mucha paciencia, la abuela le animó a hablar:
— Buenas tardes, lorito; buenas tardes, majo; buenas tardes…
Pero el loro no dijo ni mu.
— Sin duda -opinó el papá- algo terrible lo ha espantado
y el pobre ha perdido el habla.

Así era, en efecto. Y todavía sigue sin encontrarla.
Pero los chicos confían en que un día la recupere y cuente,
por fin, qué fue lo que le espantó.

También Forastera, la paloma,
entró por la puerta de atrás.
Pero, a diferencia del loro Nimú,
ella llegó con todas sus plumas
y arrullando a más no poder.
Y desde entonces no se ha callado.

Lo que sucede es que nadie,
ni las palomas del vecindario, entiende lo que dice.
Por eso, la familia Bienvenido está convencida
de que esa paloma ha nacido en el extranjero,
en tierras muy lejanas, al otro lado del océano.
Y, por eso, la llaman Forastera.

Por la puerta de atrás o por la puerta de delante
han llegado el perro Andarín, la tortuga Alocada
y el murciélago Danzón con sus dos hijos.

También los caracoles Gemelos,
la cabra Olvido y muchos otros más.
Todos los que queráis imaginar.

En cambio, hubo alguien que llegó a la casa
de la familia Bienvenido sin entrar por ninguna puerta.

Era otoño, un miércoles muy destemplado
y, justo ese día, la abuela, que con los años
anda un poco desmemoriada, se confundió
y cerró las dos puertas: la de delante y la de atrás.
Lo que nunca había sucedido.
Pero, a pesar de eso, la familia Bienvenido tuvo su visita.

Una gata de pelaje negro como el carbón
y ojos verdes como el mar,
apareció en medio del patio como caída del cielo.

— ¿De dónde habrá venido? ¿Cómo habrá entrado?
-se preguntaron todos, sorprendidos.
Y la gata, al cabo de un rato, les dio la respuesta.

Primero, se bebió un tazón de leche;
luego, se relamió los bigotes y se lavó la cara
y, después, como si fuera una acróbata,
saltó a una ventana, de la ventana a una cornisa,
de la cornisa a la azotea… ¡y desapareció por los
tejados de donde había venido!

— ¡Qué pena! -se lamentaron los chicos-
¡Era tan bonita!
— No creo que vuelva -dijo el papá-.
Debe ser una gata callejera…
— Sí, una de esas que van de un lado a otro
sin domicilio fijo -comentó la mamá.
— Una aventurera -sentenció la abuela.

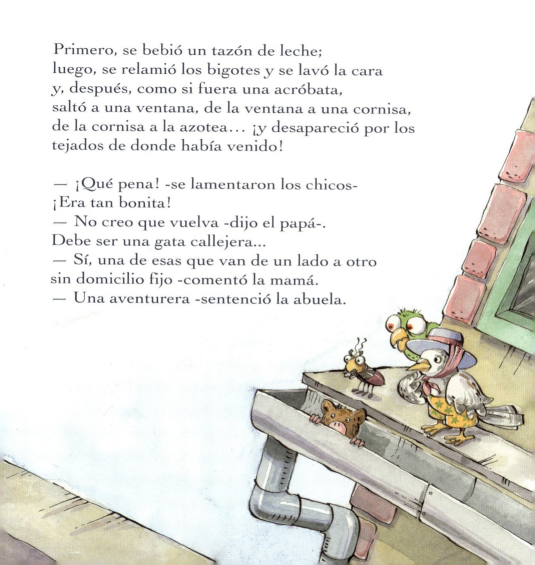

Pero se equivocaban de pe a pa.
Porque, a los pocos días, la gata regresó.
Pero, esta vez, acompañada de cuatro gatitos
tan negros como ella.
Y desde entonces está en la casa
y parece decidida a quedarse allí para siempre.

Lo que sucede ahora es que la familia Bienvenido
no ha encontrado un nombre ni para ella
ni para sus pequeños.
Quizás a los niños que lean esta historia
se les ocurra alguno.